La musique est plus essentielle pour les vivants
que les cercueils ne le sont pour les morts.

THEODORE STEINWAY

INTER

CÉLINE PIETERS & CELIA DUCAJU

LUDE

DARGAUD
BENELUX

Interlude \ɛ̃.tɛʁ.lyd\, nom masculin.

1. MUSIQUE, POÉSIE
Courte pièce musicale exécutée entre deux autres plus importantes.
Cette symphonie comprend deux thèmes majeurs et une série d'interludes.

2. SENS FIGURÉ
Période transitoire.
Ce que nous appelons la paix pourrait n'être finalement qu'un interlude entre deux guerres. GEORGES CLEMENCEAU

ET SA COULEUR, JE T'EN AI PARLÉ ?
C'ÉTAIT INCROYABLE !

ILS L'AVAIENT PEINT EN VERT OLIVE. COMME LES JEEPS, LES TENTES... COMME NOS UNIFORMES !
ON N'AURAIT JAMAIS PU IMAGINER UNE TELLE SURPRISE.
SURTOUT QU'À CE STADE, ON N'ESPÉRAIT PLUS GRAND-CHOSE.
IL FAUT DIRE QUE DEPUIS DES MOIS, JOUR APRÈS JOUR...
... ON S'ATTENDAIT À CE QUE LES ALLEMANDS ABANDONNENT.

PERSONNE N'AURAIT PARIÉ QU'ON SERAIT ENCORE LÀ... À TRAÎNER DANS CE FROID HUMIDE ET CETTE BOUE QUI S'ACCROCHE AUX BOTTES.
LA ROCHE EN ARDENNE
BON SANG, SI TU VOYAIS COMME TOUT EST SALE !
MAIS QUAND IL A ATTERRI... ICI, PARMI NOUS...
C'ÉTAIT COMME RETROUVER LA MAISON !

ET À LA PAGE SUIVANTE, ÇA DIT QUOI ?
"COMMENT TROUVER UN EMPLOI UNE FOIS DÉCHARGÉ DE VOS FONCTIONS DE SOLDAT..."
PFF... C'EST PAS DEMAIN LA VEILLE ! PASSE PLUTÔT AUX NOUVELLES DU FRONT.
"JEUDI, LE DOUBLE BOMBARDEMENT A PERMIS DE DÉBUSQUER LES DERNIERS ALLEMANDS RETRANCHÉS DANS LE GRAND-LIÈGE. LES VICTIMES CIVILES SE COMPTENT À NOUVEAU PAR CENTAINES ET AUTANT DE MAISONS SONT COMPLÈTEMENT DÉMOLIES. L'ALERTE AVAIT ÉTÉ DONNÉE À..."
ILS SONT LÀ !
EST-CE QU'IL Y A QUELQUE CHOSE POUR NOUS ?
TU SERAS LE PREMIER INFORMÉ LE JOUR OÙ ON REPÉRERA UNE VOILE JAUNE. DONC NON, PAS DE MÉDICAMENTS CETTE FOIS-CI, DÉSOLÉ.
ET DES MUNITIONS ?
NON PLUS ! TU CROIS VRAIMENT QU'ON AURAIT MANQUÉ UN PARACHUTE ROUGE DANS TOUTE CETTE NEIGE ?
VOILÀ LE SERGENT BROWN !

DOUCEMENT, LES GARS...
FAITES GAFFE AVEC CELUI-CI !
JE N'ARRIVE PAS À CROIRE QU'ILS L'AIENT FAIT !
C'EST...
C'EST...

VIENS VITE, ANDREW !
TU NE VAS PAS LE CROIRE...
VIENS, JE TE DIS !

Poussez pas...
Mais qu'est-ce qu'il fait ici ?
C'est dingue !
Doux Jésus...

WAOOUUH...
T'AS VU ?...
IL EST TOUT
PETIT !
C'EST UN VRAI ?
IL EST MINUSCULE !

YAHOUUUUU !
PARDON ME BOY...
IS THAT THE CHATTANOOGA CHOO CHOO ?
YES ! YES !
TRACK TWENTY-NINE...
BOY, YOU CAN GIVE ME A SHINE !
HEY THERE BOY !
YES !
YES !
I'M COMING BACK TO TENNESSEE...
I WANT A ONE-WAY TICKET...
... ON THE CHATTANOOGA CHOO CHOO TRAIN !

C'EST FOU ! COMMENT SAVAIENT-ILS QUE LES GARS DE NOTRE COMPAGNIE JOUENT DU PIANO ? QUELLE CHANCE, QUAND MÊME !
BAH, TOUT LE MONDE EN A BIEN UN CHEZ LUI.
MOI, J'AURAIS PRÉFÉRÉ QU'ILS ENVOIENT UNE BAIGNOIRE.
OH OUI, UN BON BAIN CHAUD !
MAIS OUI, C'EST ÇA !
DÉJÀ QUE CE N'EST PAS COURANT D'AVOIR UNE BAIGNOIRE EN AMÉRIQUE, TU CROIS VRAIMENT QU'ILS VIENDRAIENT EN INSTALLER UNE ICI ?
PAR CONTRE, TU AS RAISON. ON A DE LA CHANCE...
JOHN !
VAS-Y, JOHN !
À TOI !

LAISSE... ON S'EN OCCUPE, BROWN !
MON LIEUTENANT ?
VA PLUTÔT MONTRER AUX GARS CE QUE LEUR SERGENT CACHE DANS SA POITRINE ROBUSTE.

I STAND...
... AT YOUR GATE...
AND THE SONG THAT I SING...

... IS OF MOONLIGHT

THE ROSES ARE SIGHING
A MOONLIGHT SERENADE
I STAND AND I WAIT
FOR THE TOUCH
OF YOUR HAND
IN THE JUNE NIGHT
THE STARS ARE AGLOW
AND TONIGHT
THEIR LIGHT SETS ME
DREAMING

TU Y AS RÉFLÉCHI ?
TU NE POURRAS PAS AVOIR LES DEUX, TU SAIS...

MAIS PEUT-ÊTRE QUE TU POURRAIS TE CONTENTER DE JOUER POUR MOI...

JOHN !
JOHN !
JOHN !!!

JOHN ! RÉVEILLE-TOI !
LES BOCHES ! ILS ONT LANCÉ UNE OFFENSIVE SURPRISE !
LAISSEZ LES TENTES, LES LITS, LAISSEZ TOUT !

ON DÉGAGE !
AVANCEZ !
ATTENDS...
QU'EST-CE QU'IL SE PASSE, ICI ?
ÇA BARDE AVEC LE LIEUTENANT! LE SERGENT BROWN REFUSE DE LAISSER LE PIANO DERRIÈRE NOUS...

JE VOUS AI DONNÉ UN ORDRE, BROWN !
MERDE, KENNETH, BOUGE TON CUL !! TU RISQUES LA COUR MARTIALE AVEC TES CONNERIES.
TU PENSES VRAIMENT QUE JE VAIS LES LAISSER EN FAIRE LEUR PUTE CHAQUE SOIR DANS LEUR SALON CHAUFFÉ... MON LIEUTENANT ?
CES PILLEURS DU KOMMANDO MUSIK EN ONT DÉJÀ RAFLÉ BEAUCOUP TROP !
TU AS DÉJÀ OUBLIÉ LA CHANSON ?

DES MILLIONS DE PERSONNES ATTENDENT DÉJÀ AVEC ESPOIR LA CROIX GAMMÉE...
DÉGAGEZ, VOUS ! MONTEZ DANS LES CAMIONS !!!

Je ne sais pas ce qui te prend, mais tu m'emmerdes, mon vieux !
C'est quand même pas compliqué de voir ce qui est essentiel et ce qui ne l'est pas. C'est la guerre, bordel !
Ce n'est pas ce que tu me disais l'autre jour, quand tu te demandais comment on allait tenir dans ce merdier interminable...
Bon...
De toute façon, je n'ai plus le temps de te convaincre.
Il faut que je mène les hommes jusqu'au dépôt de Dinant, et il faut que je le fasse maintenant.

ÉCOUTE...
JE T'EN DOIS UNE DEPUIS L'ACCIDENT AU RANCH, ALORS...
MÊME SI TU AS DÉSOBÉI À UN ORDRE DEVANT L'ENTIÈRETÉ DE TA COMPAGNIE...
... JE VAIS FERMER LES YEUX POUR CETTE FOIS.

PRENDS TA MÉGÈRE SI ÇA TE CHANTE...
... ET CES DEUX GARS QUI, VISIBLEMENT, N'ONT RIEN À PERDRE...
MAIS DÉBROUILLEZ-VOUS POUR QUE JE REVOIE VITE VOS TÊTES DE CONS !
ET JE TE PRÉVIENS...
SI VOUS N'ÊTES PAS DE RETOUR AU COMBAT DANS 48 HEURES...
... JE VOUS DÉCLARE DÉSERTEURS !

LET'S GO !

On était si contents qu'ils nous l'envoient !
Mais je me suis quand même demandé pourquoi.
Peut-être qu'ils en avaient marre de construire des cercueils au pays ?
Qu'ils avaient besoin de changer un peu ?
Dites, les gars, il n'y a que deux poignées sur le piano.

EN PASSANT CETTE CORDE PAR-DESSOUS, ON PEUT LE PORTER À TROIS ET RÉPARTIR LE POIDS ENTRE LES DEUX CÔTÉS.
ÇA VOUS VA ?
EH BEN DIS DONC, MOI QUI PENSAIS QUE TU ÉTAIS UN P'TIT GARS DE LA VILLE PAS TRÈS DÉBROUILLARD !
C'EST QUE... MAMAN DIT TOUJOURS : "ON NE SAIT JAMAIS CE QUE NOUS APPORTE LA VIE, MAIS C'EST TOUJOURS MIEUX D'AVOIR LU UN LIVRE SUR LA QUESTION SI ELLE VIENT À SE POSER."
SA MÈRE EST LIBRAIRE.
"MON FILS, LIS AUTANT QUE TU PEUX. MÊME SUR LES SUJETS QUI NE T'INTÉRESSENT PAS !"
"LES LIVRES SERONT UN PÈRE POUR TOI. ILS T'APPRENDRONT CE QUE JE NE PEUX PAS."
"ET ILS SERONT AUSSI TES FRÈRES. ILS NE TE LAISSERONT JAMAIS TOMBER."

T'ES SÛR QU'ELLE NE TE DIT PAS DE LIRE AUTANT POUR QUE TU LUI FOUTES LA PAIX DE TEMPS EN TEMPS, TA MÈRE ?
HAHA, PEUT-ÊTRE BIEN !
EN TOUT CAS, IL EST TEMPS QU'ON BOUGE D'ICI SI ON NE VEUT PAS QUE LA MÈRE D'ANDREW AIT LA PAIX POUR TOUJOURS.

Bien sûr, la peur voyageait toujours avec nous.
Mais c'est comme à chaque fois : tu te dis que si la balle est pour toi, elle est pour toi. Tu ne pourras rien y faire.

ÇA VA, SERGENT ?
ÇA PEUT ALLER. QUELLE BRUTE, NOTRE LIEUTENANT !
EN MÊME TEMPS, SI VOUS GUEULEZ L'HYMNE LE PLUS POPULAIRE DU 3E REICH EN PLEIN REPLI...

FRRRRT
CLANG

QUI VA LÀ ?

Américains, madame...
Combien êtes-vous ?
Euh, trois...
Approchez...
clic
Doucement...

Que faites-vous ici, loin de tout ?
Et qu'est-ce que vous avez là ?
Mon dieu...

VOUS ÊTES FOUS ?
VOUS IGNOREZ QUE LES CHARS ENNEMIS SONT À VOS TROUSSES ?
SE TRIMBALLER UN ÂNE MORT ALORS QUE ÇA PÈTE DANS TOUS LES SENS !
VOUS ÊTES COMPLÈTEMENT INCONSCIENTS, MA PAROLE !

Bon, allez... venez !
Il fait bien chaud à l'intérieur.

DENISE !
TOUT VA BIEN ?
QUI SONT CES HOMMES ?
ÇA VA, LES FILLES, ÇA VA… ON PEUT LES ACCUEILLIR, CEUX-LÀ.

DITES-MOI... POURQUOI VOUS ISOLER ICI, DANS CETTE FORÊT ?
CE NE SERAIT PAS PLUS PRUDENT DE RESTER AVEC LES AUTRES AU VILLAGE ?

AH… ÇA !
ON PREND JUSTE NOS PRÉCAUTIONS.
PENDANT L'OCCUPATION, VOUS VOYEZ, ON CACHAIT LES HOMMES.
ON NE VOULAIT PAS QUE NOS GARS PARTENT EN ALLEMAGNE POUR LE TRAVAIL FORCÉ.
MAIS MAINTENANT, DEPUIS QUE LA LIBÉRATION A COMMENCÉ…

IL Y A DES DIABLES QUI ENLÈVENT LES FEMMES.
C'EST-À-DIRE...?
DISONS QUE PARMI LES LIBÉRATEURS, CERTAINS PENSENT QUE LES FILLES D'ICI SONT LEUR BUTIN DE GUERRE, SI VOUS VOYEZ CE QUE JE VEUX DIRE.
CE N'EST PAS QU'ON A PEUR, MAIS... IL NE FAUT PAS SE RACONTER D'HISTOIRES.

CES AFFAIRES-LÀ, ÇA NE SE LIMITE PAS À UN MOMENT D'HORREUR.
MADELEINE, PAR EXEMPLE... MA VOISINE...
ELLE N'A JAMAIS PU RENTRER CHEZ SON MARI. IL NE VEUT PLUS LA REGARDER.

Et Brigitte, la petite de l'épicerie...
Elle a dû supplier le médecin de lui filer des plantes sous le manteau. Elle avait été engrossée en prime.
C'est comme Anneke...
Elle, c'est une saleté de maladie vénérienne que quatre types d'une unité logistique lui ont refilée...
Et puis bien sûr, il y a celles qu'on a brisées si durement qu'elles ont fini par se donner la mort.

ALLEZ...
J'ARRÊTE LES HISTOIRES SORDIDES.
ET SI ON SE CHANGEAIT LES IDÉES ? ON DANSERAIT BIEN UN PEU, NON ?
EST-CE QUE VOUS SERIEZ D'ACCORD POUR NOUS JOUER UN AIR ?
AVEC PLAISIR !

SiNG, SiNG,
SiNG, SiNG...
J'ADORE CETTE CHANSON !
EVERYBODY,
START TO SiNG !
OOH OOH
WAAH OOH

JE NE VOUS MARCHERAI PAS SUR LES PIEDS, C'EST PROMIS. MA MÈRE EST UN EXCELLENT PROFESSEUR !
ALLONS, SERGENT, VOUS N'ALLEZ PAS REFUSER DE PARTAGER LA JOIE DE LA JEUNESSE TOUT DE MÊME ?
NOW YOU'RE SINGING WITH A SWING !

START SINGING
KEEP SWINGING
SING, SING,
SING, SING !

WHEN THE MUSIC GOES AROUND
EVERYBODY GOES TO TOWN
BUT HERE'S SOMETHING YOU SHOULD KNOW
HA HA BABY, HO HO HO !

COME ON AND...
SING, SING, SING, SING !
EVERYBODY, START TO SING
START SINGING, KEEP SWINGING
NOW YOU'RE SINGING WITH A SWING !

VOUS ÊTES SÛRS QUE VOUS N'AVEZ BESOIN DE RIEN ?
NE VOUS INQUIÉTEZ PAS. ÇA IRA, MADAME DENISE !
DITES JUSTE À LA PETITE QUE JE...
OUI, JOHN ?
ENFIN...
DONNEZ-LUI JUSTE ÇA DE MA PART !

QU'EST-CE QU'ON SE GÈLE LE CUL, QUAND MÊME !

L'AVANTAGE, C'ÉTAIT QUE L'ARMÉE ALLEMANDE NE BOMBARDAIT PAS EN PLEINE JOURNÉE.
PARCE QUE S'ILS LE FAISAIENT, NOS AVIONS DE RECONNAISSANCE AURAIENT PU REPÉRER L'EMPLACEMENT DES CANONS GRÂCE À LA FUMÉE.
CELA DIT, LE BROUILLARD EST ÉPAIS CES JOURS-CI.
ÇA CLOUE N'IMPORTE QUEL OISEAU AU SOL...

DITES, SERGENT BROWN...
OUI, JOHN ?
DEPUIS 1941, C'EST PAS ILLÉGAL DE FABRIQUER DES INSTRUMENTS DE MUSIQUE ?
AH BON ? C'EST INTERDIT ?
RESTRICTIONS DU GOUVERNEMENT AMÉRICAIN.
LES MÉTAUX COMME LE FER, LE CUIVRE, LE LAITON... TOUT ÇA EST RÉSERVÉ À L'EFFORT DE GUERRE.
ET CELUI-CI, ALORS ?

On dirait que l'Oncle Sam a fait une exception.
Il faut dire qu'on est bien loin des débuts, quand il y avait les grandes lignes dans les journaux : *L'Europe est en guerre !*
Ensuite, l'engagement...
... les grandes actions...
... les grosses frappes...
Mais après ?

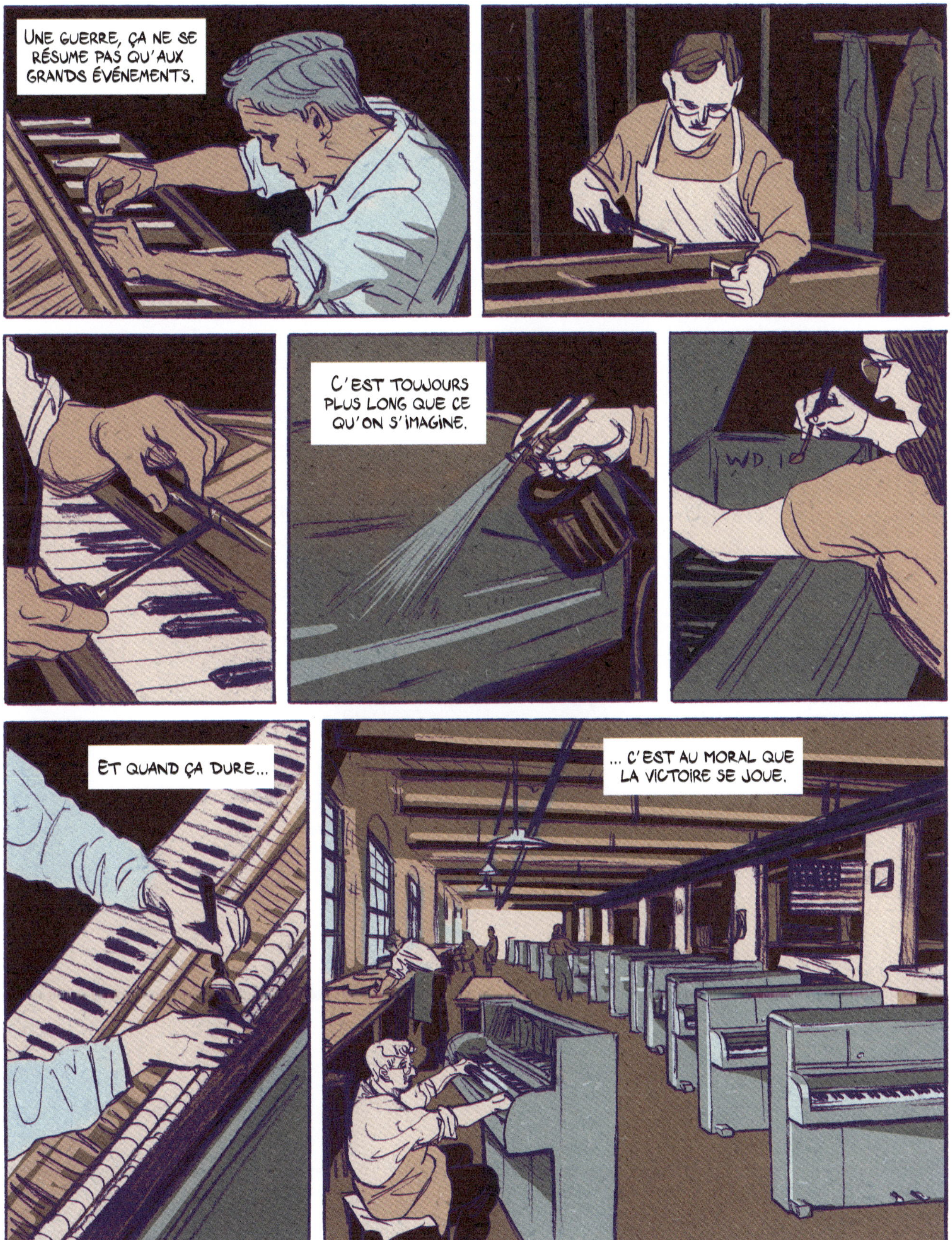
UNE GUERRE, ÇA NE SE RÉSUME PAS QU'AUX GRANDS ÉVÉNEMENTS.
C'EST TOUJOURS PLUS LONG QUE CE QU'ON S'IMAGINE.
WD. 1
ET QUAND ÇA DURE...
... C'EST AU MORAL QUE LA VICTOIRE SE JOUE.

AMEN !
MAIS C'EST LOURD QUAND MÊME.
VRRRRKK
PLANQUEZ-VOUS !

VRRRRRRR
WAS IST DAS ?
DAS IST AMERIKANISCH...
SPIELST DU KLAVIER ?

I SEE BY YOUR OUTFIT
THAT YOU ARE A COWBOY
THESE WORDS HE DID SAY
AS I BOLDLY WALKED BY
Mais ?! Ils chantent en anglais !
Ils essaient de nous duper ou quoi ?
Je ne crois pas... Ils profitent sûrement d'être seuls pour jouer un de nos tubes bannis par le Reich.
C'est du folk... "The Cowboy's Lament".
Quel accent de merde.
Au moins...

... IL JOUE PAS TROP MAL.

TAK
TAK
TAK

KOMM. LOS GEHT'S !
TAK
TAK
TAK

BANDE DE CHAROGNARDS !
JE VAIS VOUS...
SHIT.

ÇA SAIGNE PAS MAL.
IL FAUT ABSOLUMENT...
... ARRÊTER L'HÉMORRAGIE.
SERGENT, LE PIANO...
N'Y PENSE MÊME PAS, JOHN.
TRÈS BIEN. ANDREW, PRENDS SON ARME. MOI, JE PORTE SON SAC À DOS.
ON FERA JUSTE DES PAUSES PLUS RÉGULIÈREMENT.

CHAQUE MÈTRE DE TERRAIN EST SI CHER PAYÉ.

VRAIMENT, JE NE COMPRENDS PAS OÙ CES ALLEMANDS TROUVENT LA FORCE DE CONTINUER À SE BATTRE.

ÇA DOIT ÊTRE L'ÉNERGIE DU DÉSESPOIR.

Mais c'est sans compter sur les SS qui, eux, sont toujours aussi...
... créatifs.
On est passés le long d'un champ, l'autre jour...
Ils avaient démembré des morts américains et accroché leurs morceaux aux clôtures.
C'était pour briser le moral de nos soldats.
Alors certains de chez nous ont répondu...
En faisant la même chose.

VOUS ENTENDEZ ?
RRRRRRRR
RRRRRR

JOHN ! JOHN !!
QU'EST-CE QUE TU FAIS ???
AIDE-MOI, NOM DE DIEU !
ON NE PEUT PAS ABANDONNER MAINTENANT, PAS APRÈS TOUT ÇA !
POURQUOI VOUS NE M'AVEZ PAS DIT QUE LE GARROT NE TENAIT PAS ? J'AURAIS PU ESSAYER D'AGRAFER OU DE...
ANDREW... ÇA N'AURAIT RIEN CHANGÉ. JE SUIS FRIGORIFIÉ ET...
REGARDE-MOI, FRANCHEMENT !

C'EST DONC COMME ÇA QU'ON VA FINIR. ÉBLOUIS COMME DES BICHES EN PLEIN MILIEU DE LA ROUTE !
AU MOINS, ON SERA RESTÉS ENSEMBLE JUSQU'AU BOUT...
MAIS ON NE PEUT PAS SE QUITTER SIMPLEMENT COMME ÇA ! JOUE QUELQUE CHOSE, JOHN...
CE SERA TOUJOURS MIEUX DE PASSER L'ARME À GAUCHE EN MUSIQUE.
MAIS PAS DE LA COUNTRY ! JE NE VEUX PAS MOURIR SUR DE LA COUNTRY !

ÇA VA, LES GARS ?
OH MY GOD ! VOUS ÊTES DES NÔTRES !
REGARDE ÇA, EDDY !
WAAW !
MAIS C'EST PAS ENCORE NOËL ! FALLAIT PAS VOUS DÉRANGER POUR NOUS !

NE PERDONS PAS DE TEMPS. VOUS ALLEZ OÙ COMME ÇA ?
SUR LE FRONT EST... ON DOIT Y ÊTRE À L'AUBE.
À L'AUBE ?!
DESCENDS, TOI ! VIENS NOUS FILER UN COUP DE MAIN POUR CHARGER LA BÊTE !

EN TOUT CAS, J'AIMERAIS FAIRE CE GENRE DE RAMASSAGE PLUS SOUVENT !
C'EST SÛR QU'AVEC CE PIANO...
PAS UNIQUEMENT...
ÇA FAIT DU BIEN DE CHARGER DES ALLIÉS, SURTOUT QUAND ILS SONT ENCORE VIVANTS.
PAS VRAI, ED ?
T'ES CONTENT D'ÊTRE UTILE AUTREMENT QU'EN RAMASSANT DES CADAVRES, NON ?
TOUJOURS PRÊT, MOI !
EN ATTENDANT, VAS-Y, JOE !
FAIS VOIR TES TALENTS DE PILOTE !

DIS DONC SAUL, TU NE NOUS JOUERAIS PAS QUELQUE CHOSE ?
C'EST QUE... IL N'EST PAS EN TRÈS GRANDE FORME, LE PETIT !
ET PUIS...
JE NE TIENS PAS À ME FAIRE LYNCHER JUSTE PARCE QUE J'AI TOUCHÉ AUTRE CHOSE QUE DES MORTS OU DES MUNITIONS !
PAS DE ÇA ICI !
IL EST POUR NOUS TOUS, SANS EXCEPTION.
JE T'EN PRIE.
D'ACCORD, VIENS LÀ MON BEAU ! JE VAIS ÉVITER LES TOUCHES QUI FONT MAL ET TOUT IRA BIEN !
I WENT DOWN TO ST. JAMES INFIRMARY....

I SAW MY BABY THERE...
SHE'S LAID OUT ON A COLD WHITE TABLE
SO COLD SO WHITE SO FAIR
LET HER GO, LET HER GO...
GOD BLESS HER!
WHEREVER SHE MAY BE
SHE CAN LOOK THIS WIDE WORLD OVER
BUT SHE'LL NEVER FIND A SWEET MAN LIKE ME

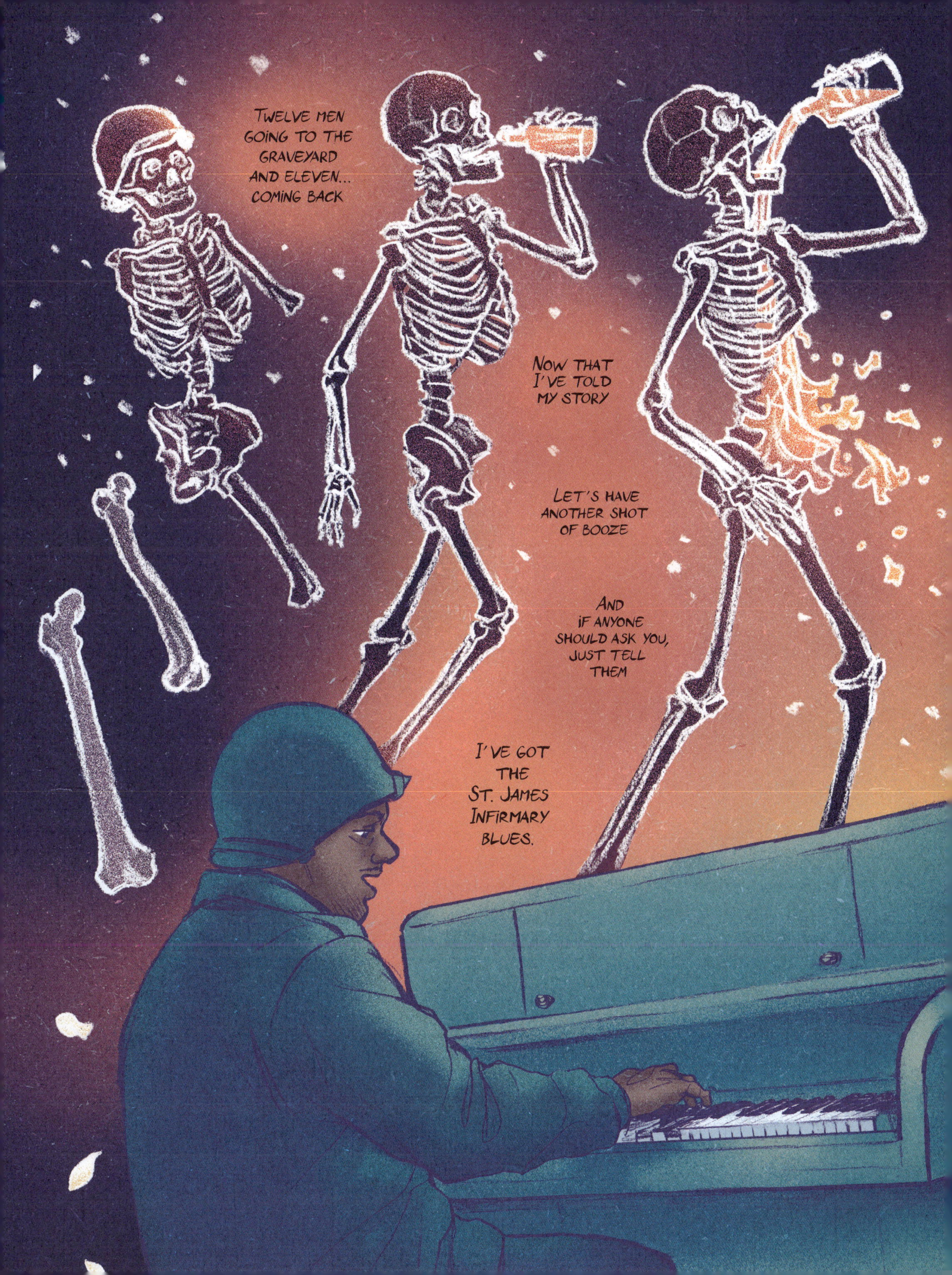
TWELVE MEN GOING TO THE GRAVEYARD AND ELEVEN... COMING BACK
NOW THAT I'VE TOLD MY STORY
LET'S HAVE ANOTHER SHOT OF BOOZE
AND IF ANYONE SHOULD ASK YOU, JUST TELL THEM
I'VE GOT THE ST. JAMES INFIRMARY BLUES.

ON Y EST !

AU RAPPORT, MON LIEUTENANT !
C'EST TOI, BROWN ? TU NE PEUX PAS SAVOIR COMME JE SUIS SOULAGÉ DE T'ENTENDRE !

ÇA T'AVAIT MANQUÉ CETTE VOIX DE TÉNOR, PAS VRAI ?
TU RÊVES ! MAINTENANT, SI CES MESSIEURS VEULENT BIEN NOUS FAIRE L'HONNEUR DE SE JOINDRE À NOUS...
... VOUS NE SERIEZ PAS DE TROP, SI TU VOIS CE QUE JE VEUX DIRE.
HÉ, JOHN ! TU NOUS JOUES VITE UN AIR AVANT D'Y ALLER ?
MISSED THE SATURDAY DANCE...

HEARD THEY CROWDED THE FLOOR
COULDN'T BEAR IT WITHOUT YOU...
DON'T GET AROUND MUCH ANYMORE

THOUGHT I'D VISIT THE CLUB
GOT AS FAR AS THE DOOR...
THEY'D HAVE ASKED ME
ABOUT YOU...
DON'T GET AROUND MUCH
ANYMORE

OÙ EST ANDREW ?
TU T'AMÈNES, SOLDAT ?
J'ARRIVE !

DEC
18
1944
VIA AIR MAIL
Mrs. Harriett Goldberg Parks
48 Lincoln avenue
Brooklyn, N.Y.
U.S.A.

J'AI BEAU M'APPLIQUER MAIS UNE LETTRE NE POURRA JAMAIS MONTRER LA VÉRITABLE HORREUR D'UN AMI TRANSPERCÉ PAR DU MÉTAL.
NI EN REPRODUIRE L'ODEUR, COMME DISENT LES GARS QUI RAMASSENT LES CADAVRES.

MA CHÈRE MAMAN, MÊME CES MOTS SIMPLES DEVIENNENT DIFFICILES À ÉCRIRE QUAND JE PENSE À CES CHOSES TERRIBLES.

"MAMAN", C'EST LE MOT QU'ON ENTEND HURLER DANS LA FORÊT PAR DES TYPES QUI AGONISENT DURANT DES HEURES. DES TYPES SOUVENT BIEN PLUS ÂGÉS QUE MOI.

QUAND JE T'ÉCRIS, JE NE T'ÉPARGNE RIEN. COMME TU ME L'AS DEMANDÉ. D'AILLEURS, TU AVAIS RAISON. UNE FOIS LES MOTS POSÉS SUR LE PAPIER, JE ME SENS PLUS LÉGER.
EXACTEMENT COMME QUAND ON SE RASSEMBLE AUTOUR DU PIANO AVEC TOUS LES COPAINS ET QU'ON CHANTE À TUE-TÊTE.
ENFIN, PAS EXACTEMENT. À CE MOMENT-LÀ, ON SE SENT CARRÉMENT... HEUREUX !

EN ATTENDANT LA VICTOIRE...
TON FILS, ANDREW.

« Ce STEINWAY a voyagé dans une forteresse volante ! », peut-on lire dans une publicité pour un piano droit Steinway & Sons de 1943. Pendant la Seconde Guerre mondiale, la charge habituelle du célèbre bombardier B-17 était de plusieurs tonnes de bombes, mais dans des circonstances particulières, le B-17 a servi d'avion-cargo pour les *G.I. pianos*.

ÉGALEMENT CONNUS sous le nom de « Victory Verticals », ces instruments étaient parachutés aux troupes en attente et destinés à leur remonter le moral. Les Victory Verticals, d'une hauteur d'environ 1 mètre, étaient identifiables par leurs couleurs militaires (vert olive, bleu et gris) ainsi que par l'absence de pieds avant (jugés trop délicats pour le champ de bataille). Transportés dans de solides caisses d'expédition, près de 2 500 de ces instruments ont été envoyés sur tous les théâtres de guerre, notamment en Asie, en Afrique, en Europe, en Amérique du Nord et dans le Pacifique Sud. Ils ont été joués par un orchestre de danse aux Philippines, par une unité de service spécial en Alaska et par des artistes allant de Bob Hope au violoniste Isaac Stern lors de leurs tournées pour le compte des United Service Organizations (USO).

COMME PRESQUE TOUS les autres fabricants d'instruments aux États-Unis, Steinway s'est vu interdire la fabrication de pianos pendant la Seconde Guerre mondiale en raison des restrictions imposées par le gouvernement sur le fer, le cuivre, le laiton et d'autres matières premières. L'usine Steinway de New York est restée ouverte avec un effectif réduit construisant des ailes, des queues et d'autres pièces pour les planeurs de transport de troupes. Au fur et à mesure que la guerre se poursuivait, Steinway & Sons a également été chargé de fabriquer des cercueils pour la National Casket Company : une entreprise à la fois morbide et non rentable.

POURTANT, À LA FIN de l'année 1941, Theodore E. Steinway, le quatrième président de la société, reçoit une demande du War Production Board du gouvernement américain pour des pianos militaires robustes. Theodore a quatre fils qui servent dans l'armée, ainsi que plusieurs de leurs cousins, et il reconnaît le potentiel de la musique pour remonter le moral des troupes. En juin 1942, les premiers prototypes sont prêts à être inspectés par le gouvernement.

Même si elles sont parfois idéalisées, les photos d'archives fournissent certaines des preuves les plus claires de l'application des G.I. pianos *de Steinway.*

LA CONCEPTION des Victory Verticals a été menée par Paul H. Bilhuber, un directeur d'usine Steinway qui a été promu vice-président en 1941. Les instruments ont été entièrement « tropicalisés » – traités avec une solution anti-termites et anti-insectes spéciale et scellés avec une colle imperméable pour résister à l'humidité.
Avec des poignées sous le clavier et à l'arrière, les pianos de 200 kilos pouvaient être portés par quatre soldats. Chaque caisse de transport contenait un jeu d'outils d'accordage, des instructions, des pièces détachées et des partitions de musique classique, d'hymnes protestants, d'airs à chanter et de numéros de boogie-woogie.

LES DOCUMENTS de planification montrent à quel point les responsables de Steinway ont dû se contenter de matériaux non traditionnels. Les touches étaient recouvertes de Celluloïd blanc (l'ivoire se serait écaillé sous les climats tropicaux), et du fer doux était utilisé à la place du cuivre pour les enroulements des cordes basses (le cuivre étant limité). Alors que chaque piano de l'armée de terre était peint avec « trois couches de laque vert olive, légèrement ternie », d'autres couleurs étaient utilisées pour la Navy, le Marine Corps, l'Army Air Corps et la Coast Guard. Il a également été question d'une chaise pliante sur mesure, mais il n'est pas certain qu'elle ait jamais été produite.

CERTAINS DES G.I. PIANOS étaient en fait des pianos droits Regency de Steinway réadaptés à l'usage militaire. Cependant, la production de nouveaux pianos ayant repris, le War Production Board commanda 405 Victory Verticals en 1943, suivis huit mois plus tard par une autre commande de 800 instruments. En 1944, les forces armées américaines achetèrent 589 pianos (au prix de 486 dollars l'unité) afin que chaque unité en ait quatre. L'équipe de l'usine de New York est alors à bout de souffle. « Ce calendrier de livraisons peut vous sembler mince », indique une note de la société adressée au ministère américain de la Guerre, « mais nous devons attirer votre attention sur le fait que notre département des pianos droits est composé essentiellement de jeunes hommes, dont beaucoup sont aujourd'hui sous les drapeaux ».

À LA FIN DE LA GUERRE, Steinway avait expédié quelque 5 000 instruments, mais tous n'étaient pas destinés à l'armée, écrit Richard K. Lieberman dans *Steinway and Sons, a history of the company* : environ la moitié a été vendue aux forces armées américaines, et le reste a été acheté par des utilisateurs essentiels approuvés : « organisations religieuses, établissements d'enseignement, hôtels et autres lieux de rassemblement public ».

LES INSTRUMENTS n'étaient pas sans détracteurs. Un général aurait demandé : « Pourquoi achetons-nous des Steinway pour nos camarades alors que nous n'achetons pas de Rolls-Royce pour nous promener dans les champs ? » Un vendeur de Steinway aurait rétorqué : « Ne leur achetons-nous pas les meilleures chaussettes en laine ? »

« Maman, tu rigolerais en le voyant, car le Steinway ne ressemble pas du tout à celui de l'oncle Jake. »

LES INSTRUMENTS procurent également une certaine tranquillité d'esprit aux soldats. Lorsque le soldat Kenneth Kranes écrit à sa mère à New York, il se réjouit de l'arrivée d'un Steinway. Sa lettre se lit comme suit :

> “ Il y a deux nuits, nous avons reçu un divertissement bienvenu lorsqu'une jeep tirant un petit chariot est arrivée au camp. Le chariot contenait un système d'éclairage et un piano Steinway [sic]. Maman, tu rigolerais en le voyant, car le Steinway ne ressemble pas du tout à celui de l'oncle Jake. Il est plus petit et peint en vert olive, comme la jeep. On s'est tous bien amusés avec lui et on a passé un bon moment après les repas quand on s'est rassemblés autour du piano pour chanter. ”

La lettre est datée du 6 mai 1943. Kranes a été tué la semaine suivante par un tir de char allemand.

LA PRODUCTION des *G.I. pianos* s'est poursuivie jusqu'en 1946, suivie d'un cycle de production d'après-guerre de 1948 à 1953. Malgré leur robustesse réputée, certains des Verticals n'ont pas résisté aux conditions éprouvantes du front. Un article écrit par Elizabeth Randall et paru en 1950 dans le magazine *Etude* décrit le sort de trois *G.I. pianos* pendant la saison des moussons aux Philippines.

« Bien que ces pianos aient pu produire 88 sons distincts, pas tous traditionnels, ce qui les caractérisait universellement était leur toucher de masse, leur sonorité gorgée d'eau, leurs touches coincées, leurs ivoires manquants, leurs pédales grinçantes et leurs extérieurs marqués, ébréchés et vert olive. Sans vouloir offenser la qualité intrinsèque de ces instruments, je dirais qu'ils ont subi quelques années d'usure. Ils avaient été soumis à quelques années de traitement sous les tropiques et au commandement de la guerre. »

Randall ajoute qu'en raison de la rotation du personnel au commandement des Philippines, l'entretien avait faibli :

« Lorsque le dépôt considérait qu'ils étaient trop endommagés pour être réparés, ils étaient récupérés pour les pièces détachées. Cette pratique ne tenait pas compte de la valeur de la fabrication et de la qualité de ces instruments. »

POUR CHAQUE HISTOIRE tragique de l'après-guerre, il y a des exemples d'artistes et de musiciens éminents qui ont sans aucun doute bénéficié des petits *G.I. pianos* lors des tournées de l'USO, y compris Jascha Heifetz, Yehudi Menuhin et Lily Pons. Et les instruments Steinway ont également continué à servir dans d'autres contextes militaires. Lors de la construction du sous-marin à propulsion nucléaire *USS Thomas A. Edison* en 1961, un piano droit Steinway a été installé dans le mess de l'équipage à la demande du capitaine. L'instrument est resté à bord jusqu'à la mise hors service du sous-marin en 1983. Le piano droit restauré se trouve aujourd'hui au Navy Historical Center, à Washington D.C.

Merci à l'équipe Dargaud d'avoir cru en nous, et tout particulièrement à Valérie pour sa confiance et son soutien enthousiaste.
Merci également à Étienne Schréder de nous avoir guidées dans nos premiers pas et de nous encourager encore et encore à « aller jusqu'au bout de nos intentions ».
Vielen Dank an Hartwig Kalb et Gerrit Glaner de Steinway & Sons Hamburg pour leur dynamisme et leur aide précieuse dans nos recherches sur les pianos de guerre.
Merci à Pierre Lhote, des services de documentation du Bastogne War Museum et de l'asbl Bastogne Memorial, qui a épluché les photos d'archives à la recherche d'images de vie quotidienne des soldats et de musique.
Merci aussi à Clément Horvath pour sa gentillesse et son incroyable travail de récolte et de traduction des lettres de G.I. dans ses livres *Till Victory*.
Many thanks to LaGuardia *and* Wagner Archives at LaGuardia Community College, Queens, New York, *and the* San Diego Air & Space Museum Library & Archives, pour les précieuses photos des pianos G.I.
Nous remercions aussi Philippe Pitton et le groupe de reconstitution Les Varans de nous avoir livré de nombreux détails historiques passionnants.
Merci également à feu Jean-François Noirhomme du Bulge Museum.
Merci à Benoit Ers, dont l'œil de lynx peut distinguer un paysage ardennais de celui du pays de Herve à la seule vue d'une colline et de quelques arbres dessinés rapidement. Merci pour tous les conseils et encouragements.
Merci à Jules Chevigny pour ses idées et suggestions sur le scénario, à Sacha Brauner pour son regard bienveillant sur les crayonnés, à Matthieu Morvan pour son suivi tout au long de notre projet.
Merci à Julien Libeer pour son partage de vie en tant que pianiste et merci à Barnabé Deliens (Barnill Brothers) pour ses recommandations musicales.
Merci à Günther Delgeniesse pour le prêt de matériel militaire vintage.
Enfin, merci à nos familles et amis.
Merci particulièrement à ceux qui nous conseillent, nous servent de modèles avec patience, et à ceux qui ont attendu cette bande dessinée avec impatience.
Un grand merci à tous nos bêta-lecteurs, Benjamin, Florence, Mathias, Matthieu, Mireille, Morgane, Pierre, Sacha, Wim, et tous ceux qui nous ont aidées à la réalisation de notre projet !

CÉLINE PIETERS ET CELIA DUCAJU

MUSIQUES

Chattanooga Choo Choo, chanson écrite par Mack Gordon, composée par Harry Warren et interprétée par Glenn Miller, 1941, Bluebird Records.
Moonlight Serenade, chanson écrite par Mitchell Parish, composée et interprétée par Glenn Miller, 1939, Bluebird Records, reprise en 1966 par Frank Sinatra.
Sing Sing Sing, chanson composée et interprétée par Louis Prima, 1936, Brunswick Records, reprise en 1937 par Benny Goodman.
Cowboy's Lament, chanson interprétée par Burl Ives, 1941, Columbia Records.
St. James Infirmary, chanson interprétée par Louis Armstrong, 1928, Parlophone.
Don't Get Around Much Anymore, chanson écrite par Bob Russell, composée et interprétée par Duke Ellington, 1942, Robbins Music, reprise en 1958 par Mose Allison.

RÉFÉRENCES ET INSPIRATIONS

Les pianos des G.I., *Invitation au Voyage*, ARTE, Archives INA, 11 avril 2021.
The Victory Vertical Project, site et documentaire, Garik Pedersen, 2023.
Till Victory : lettres de soldats alliés, & Till the Job is Done, Clément Horvath, Rennes, Éditions Ouest-France, 2018.
Archives LaGuardia and Wagner, LaGuardia Community College, Queens, New York, and San Diego Air & Space Museum Library & Archives.
La Roche-en-Ardenne et la « bataille des Ardennes » (offensive von Rundstedt), Archives de l'État en Belgique.

L'éditeur souhaite remercier Étienne Schréder
pour ses précieux conseils.

Les autrices ont reçu le soutien de la Fédération
Wallonie-Bruxelles pour la réalisation de cet ouvrage.
L'article des pages 96 à 102 a été reproduit
avec la permission de Steinway & Sons.

www.steinway.com/news/features/victory-verticals

CRÉDITS PHOTOGRAPHIQUES

Pages 96 à 99 Courtesy of the San Diego Air & Space Museum

Pages 100 à 102 Courtesy National Archives (NARA)

RELECTURE Carine Barth

MAQUETTE Philippe Ghielmetti & Liv Göttler

PREMIÈRE ÉDITION

Dépôt légal : août 2024
D/2024/0086/285
ISBN 978-2-5051-2274-6
Achevé d'imprimer en juillet 2024.
Imprimé et relié en France par PPO Graphic,
10 rue de la Croix Martre, 91120 Palaiseau.

Certifié PEFC
Ce produit est issu de forêts gérées durablement et de sources contrôlées
PEFC
10-31-1800
www.pefc-france.org